AF331562

LA CRITIQUE

DES MOEURS

SATIRES NOUVELLES,

Suivies d'un Conte intitulé le Mari prudent.

Par le Sieur D. M. *******

A PARIS,

Chez JEREMIE BOÜILLEROT, Imprimeur Libraire du Grand Conseil, ruë S. Jacques, au Prophete Jeremie.

M. DC. XCIX.

Avec Permission

PREFACE.

JE ne fçai fi ce n'eft point trop entre-
prendre, que de vouloir donner tous les
mois de nouvelles productions : J'ay long-tems
balancé dans mon deffein, & peu s'en eft
fallu que je n'aye manqué à ma parole ; je
me ferois rendu peut-être un bon office,
en ne rempliffant point ma promeffe, & je
me ferois dérobé aux traits de plufieurs Sa-
tyriques : Enfin quoy qu'il en foit, j'ay cedé
à mon penchant, & d'ailleurs j'ay toûjours
entendu dire que la fortune feconde la témerité ; appuyé fur cette fentence, je n'ay
point ouvert les yeux fur les dangers où je
m'expofois, & j'ay fuivi les confeils de mes
amis.

Je fçai qu'on pourra me répondre, que
l'excufe dont je me fers eft ordinaire aux
Autheurs, & qu'il femble que leur juftification
dépende entierement de cette maniere de
parler : mais j'avoüeray que je ne prétens

point me roidir contre une juste critique, &
qu'au contraire je me soumets aveuglément à
la censure.

Je ne veux point imiter de certains Autheurs trop libres, qui s'attachent à nommer
ou du moins à designer les personnes qu'ils
satyrisent, il n'est permis qu'au fameux Des-
preaux de se declarer.

Je fais dans ma troisiéme Satire le por-
trait d'un débauché qui peut convenir à plu-
sieurs, & la plufpart de nos jeunes gens
n'auront pas de peine à s'y reconnoiftre.

La quatriéme commence par la descrip-
tion d'une maison de Campagne. J'ay fait
voir par cette varieté que je ne m'appliquois
pas uniquement à la Satire : J'ay fait con-
noiftre dans ma feconde quels font les effets
de la tourmante, pour montrer qu'Horace a
bien raison, lorsqu'il dit en parlant d'un Pein-
tre qui fçait parfaitement bien repréfenter
un Cypres, & qui ne fçauroit peindre un
homme dont le vaifleau eft brifé par la tem-
pête, & qui se sauve à la nage ayant tout
perdu.

Et fortaffe Cupreffam
fcis fimulare, quid hoc ! fi fractis enatat exfpes
navibus ære dato qui pingitur.

Si les maris' vouloient m'en croire, ils suivroient l'exemple de nôtre Payfan, & loin de fe faire timpannifer dans Paris, ils prendroient foin de cacher ce qui ne fert fouvent qu'à les diffamer.

On m'a fait des objections fur le Livre du mois paffé, aufquelles j'ay taché de répondre le mieux qu'il m'a efté poffible, c'eft pourquoy il feroit inutile d'en parler icy.

Je finis en fuppliant le Lecteur d'épargner un jeune homme qui commence, & qui fçaura toûjours profiter des avis qu'on luy donnera.

Fin de la Préface.

SATIRE TROISIEME.

Poursuis, Muse, Poursuis, ne changes point de stile,
Pour corriger les mœurs la Satire est utile,
Rien ne pourra tarir la source de mes vers,
Ma plume trouvera mille sujets divers.
    Mais par où commencer! mon entreprise est vaine,
La Satire est contraire aux essais d'une veine,
Ce talent n'appartient qu'à l'illustre Boileau,
Je suis sur le Parnasse un Citoyen nouveau,
Ma muse est encor foible, & je dois me connoistre,
Pour plaire en critiquant il faut des coups de maistre,
J'armerois contre moy les plumes des Censeurs,
J'augmenterois l'éclat de mes Prédecesseurs,
A de nouveaux mépris je donnerois matiere,
Et je serois placé dans le rang de L****.
Tant de foibles Autheurs qu'on ne peut estimer
Ne font que m'enhardir au métier de rimer :
Je verrai chaque jour ces Autheurs temeraires
De leurs fades écrits accabler les Libraires?
Je verrai chez Barbin leurs Ouvrages vendus
Et l'on craindra pour moy de donner dans l'abus?

Non, je veux me foûmettre au penchant qui m'entraine,
Et goûter à mon tour des eaux de l'Hypocrene,
Ne puis- je pas comme eux m'ériger en Autheur ?
Et femblable à P * * * *. endormir un Lecteur ?
Si Phœbus à mes vers refufe fon fuffrage,
Je me confoleray dans mon trifte partage,
Et n'étant pas le feul traverfé dans mes vœux,
Je me plaindrai du moins avec les malheureux;
Hazardons fierement ce penible exercice,
A la témerité la fortune eft propice.
Paris offre à mes yeux mille objets differens,
Je n'y vois qu'impofteurs, que traitres & tyrans.
L'avarice, & l'orgüeil l'ont choifi pour azile,
Sous un mafque trompeur la coquette fubtile,
Sçait triompher des foins de fon aveugle époux,
Et raffurer fon cœur dans fes foupçons jaloux.
L'adulateur feduit d'une vaine efperance,
Sur les malheurs d'autruy fonde fon opulence;
Le fer & le poifon y regnent tour à tour,
Les forfaits les plus noirs font dictez par l'amour;
La femme pour joüir d'une autre deftinée
Dans la mort du mary projette un Hymenée,
Elle échauffe en fon cœur de funeftes deffeins,
Et contre fon époux arme des affaffins;
Mais ceffons de parler de ces énormes crimes,
Par ces excés d'horreurs n'attriftons point nos rimes,
Mufe, je vous arrête en ces affreux tableaux,
Sur quelque autre fujet effayez vos pinçeaux.
Du Riche P O L I D O R la débauche impudique
Merite de vos traits l'amertume critique;
Ses rapides Courfiers qui nous font reculer,
La terre fous leurs pieds qui femble chanceller,

Tout annonce sa pompe, & sa magnificence,
Et nous fait admirer l'éclat de sa dépence,
Il vôle à l'Opera, séjour des voluptez,
Où son cœur attendri parmy tant de beautez,
Tout prest à faire naistre un amour mercenaire,
Balance quelque temps sur le choix qu'il doit faire:
De son incertitude il sort victorieux,
Et quand sur quelque objet il a fixé les yeux,
La belle au poids de l'or mesure ses tendresses,
Et fait payer comptant ses communes caresses.
Ensuite dans le vin éteignant son amour,
Il fonde son bonheur à boire jusqu'au jour,
Son épouse fidele, en proye à ses allarmes
Arrose ses beaux yeux d'un déluge de larmes,
Rien ne peut dissiper l'excés de ses douleurs,
Et le Soleil naissant est témoin de ses pleurs.
Enfin pour augmenter les troubles de son ame,
Il arrive enyvré d'une débauche infame,
Le vin fait éclater ses yeux étincelans,
Et son corps s'abandonne à ses pas chancellans,
A sa superbe suite on voit encor paroître,
Trois Laquais conformez à l'exemple du maître,
Et qui pour son repos empressez tour à tour,
En attendant la nuit le font dormir le jour.
De ces pâles Joüeurs la lugubre cohorte,
S'abandonne aux remords, se plaint, jure & s'emporte,
En foule je les vois sortir de ces brelans,
Penetrez de fureurs, de transports violens,
J'apperçois ARAMINTE, à soi-même importune,
D'une carte douteuse attendre sa fortune,
Le farouche AGENOR apostrophe les Dieux,
Sur les tristes effets d'un dez capricieux.

Mais ce n'eſt pas aſſez , courons aux Thuilleries ,
ue d'affectations ! & de coquetteries ,
ue de Plumets fringants , que de jeunes Seigneurs ?
ignent à ces Laïs leurs naiſſantes ardeurs !
s briguent à grands frais leurs faveurs mercenaires.
les plains d'acheter des careſſes ſi cheres ,
connois les effets de cette paſſion ,
c'eſt moins par amour , que par ambition.
ais n'allons pas ſi loin , reprimons la Satire ,
uſe , dans une ſeule il ne faut pas tout dire ,
e fais point tout d'un coup éclater ta fureur ,
rens haleine un moment , menages ton aigreur ,
herches d'autres ſujets pour ton fiel ſatirique ,
u trouveras bien-toſt matiere à ta Critique.

Fin de la troiſiéme Satire.

SATIRE QUATRIÉME

A MONSIEUR D ***.

Il l'invite à le venir trouver dans une maison
de Campagne où il eſtoit.

POUR fuir les embarras, & le bruit de la Ville,
Amy viens en ces lieux goûter un fort tranquille,
C'eſt dans ce doux ſéjour que pour flatter nos ſens,
Nous pourrons nous choiſir des plaiſirs innocens,
Sous un paiſible Ciel, où d'un commun empire,
On vit toûjours regner le Soleil & Zéphire,
Nous joüirons en paix du repos précieux
Qu'à mes juſtes deſirs ont accordé les Dieux.
Le calme eſt répandu dans ce réduit champêtre,
Et ſans crainte des Loups les Moutons y vont paiſtre.
On ne voit plus DIANE errante dans les bois,
Au beau ſang de LOUIS elle a cedé ſes droits, ＊
Un Prince genereux cheri de la victoire,
Etoit ſeul reſervé pour obſcurcir ſa gloire.
Tout invite aux plaiſirs dans ce ſéjour charmant,
La nature avec l'art en a fait l'ornement.
On découvre en entrant un ſalon agreable,
Où l'on goûte ſouvent les plaiſirs de la table,
Le Brun y repréſente ALEXANDRE au combat,
Et le fameux COIPEL en acheve l'éclat.

＊ C'eſt le lieu où Monſeigneur vient chaſſer.

12

Les Zephirs te fuivront dans de longues allées
Qu'à la clarté du jour la Charmille a voilées.
Les rayons du Soleil n'y penétrent jamais,
Et pendant fon ardeur on refpire le frais ;
Là tu verras, amy, la Naiade craintive
Rouler paifiblement fon onde fugitive,
Et d'un autre cofté les arbres orgueilleux
Recevoir fierement fes flots impetueux.
Ce ne font que Berceaux, fuperbes Paliffades,
Parterres fomptueux, Terraffes & Cafcades,
Quatre prés difperfés font émaillés de fleurs,
CERES à pleines mains y répand fes faveurs,
Un Verger où l'on voit le Dieu de la lumiere
Fixer avec plaifir fa brillante carriere.
  Enfin pour te charmer par un autre agrément,
Un paifible ruiffeau borde ce lieu charmant,
Un fertile vivier, où les Poiffons timides
Reffentent les efforts des Hameçons perfides.
Le cellier eft fourni d'un vin delicieux,
Qui femble eftre choifi pour la table des Dieux.
Tranquilles poffeffeurs d'une fi douce vie,
Aux troubles de la Cour porterons-nous envie ?
Loin de nous arrêter à d'inutiles foins,
Nos yeux de fon orgüeil ne feront plus témoins,
De la fimplicité nous verrons les modeles,
A leurs heureux Bergers, les Bergeres fideles;
Sous un habit ruftique une jeune beauté
Ne fe compofe point un vifage emprunté,
Sa douce modeftie augmente fa parure,
Et l'on peut fur fon teint admirer la nature.
Orgueuïlleufes PHRINE'S dont les foins féducteurs
Veulent nous ébloüir par des appas trompeurs,

Si l'art pour nous toucher ne relevoit vos charmes.
Tant de superbes cœurs vous rendroient-ils les armes?
Dans cet azile heureux, où séjourne Themis,
Je brave fierement mes plus grands ennemis.
Ma veine se déploye & se donne carriere,
J'arme contre ALIDOR ma critique severe,
J'attaque dans mes vers ces odieux mortels,
Qui portent leurs forfaits jusqu'aux pieds des Autels.
Je pense à TRASIMONT, jadis à la mandille,
Qui d'un bien mal acquis enrichit sa famille.
J'apperçois LEONOR dont le facile époux
Semble luy suggerer des passe-temps plus doux,
Qui prend soin d'allumer une impudique flame,
Et reçoit un tribut des faveurs de sa femme.
  Cet autre peu sensible au veritable honneur,
A sçeu sur sa mollesse établir son bonheur,
Dans son indifference occupé de spadille,
Il a veu sans chagrin augmenter sa famille,
Et sans joüir d'un droit par l'Hymen soûtenu,
Un fils de contrebande est par lui reconnu.
Ce sont-là les objets de ma vive critique,
Qui sçeurent fomenter mon chagrin poëtique,
Et tant qu'à la clarté mes yeux seront ouverts
De ces affreux portraits je remplirai mes vers.
De tes conseils prudents j'implore la sagesse,
Ecoutes, cher amy, ma Muse qui t'en presse,
Bien loin de murmurer contre tes justes traits,
Tu me verras soûmis à tes sçavants arrests,
A mes vœux empressez accordes cette grace,
Viens frayer à mes pas le chemin du Parnasse,
Tout enchante, tout plait, tout charme dans ces lieux,
Mais éloigné de toi, tout déplait à mes yeux.

Fin de la quatriéme Satyre.

LE MARI PRUDENT,

CONTE.

JADIS un Laboureur, homme tres-pacifique,
Poſſedoit pour épouſe une jeune beauté,
        Dont l'heureuſe ſimplicité
Surpaſſoit de la Cour la fine politique.
    Le Villageois l'aimoit de tout ſon cœur,
Mais d'un amour groſſier & ſans délicateſſe;
        Car jamais politeſſe
        Ne fut connuë à Laboureur.
PERIN, c'eſtoit le nom du heros de la Fable,
        Sans craindre le ſort des maris,
        Quitta cet objet adorable
Pour un procez qu'il avoit à Paris :
        Il ſort enfin de ſon village
Et laiſſe cette Agnes ſeule dans ſon menage
        Avec deux petits Perinets,
        Tous deux le vray portrait du pere;
        Une reſſemblance ſi chere
        Servoit à calmer ſes regrets.
Le Seigneur apprit pour nouvelle
Que Perin n'étoit plus habitant du Hameua,
        Occupé d'un deſſein nouveau
    Il court chez la jeune Iſabelle.
Il trouva cette Agnes en proye à ſa douleur,

Mais au milieu de ses allarmes,
Il envisagea mille charmes
Qui triompherent de son cœur.
Qu'avez-vous, luy dit-il, vous suis-je necessaire,
Apprenez-moi vôtre chagrin,
Helas, mon bon Monsieur, répond la menagere,
J'ay perdu mon pauvre Perin.
Le mal n'est pas bien grand, reprit le bon Apostre,
Ne craignez rien, consolez-vous,
Quand on perd un mari, l'on en retrouve un autre
Et je veux vous servir d'époux.
Vous vous mocquez, dit Isabelle,
Et vous me faites trop d'honneur,
Je serois criminelle
Si je manquois de respect au Seigneur.
C'est à moi d'observer si vous estes bien sage,
Vostre époux, luy dit-il, craint trop les favoris,
Il m'a laissé le soin de régler son ménage,
Il sçait comme en fait à Paris.
Apprivoisant ainsi la jeune Villageoise
Il en obtint aisément les faveurs
Et par ses discours seducteurs
Il mit la Paysanne au rang de la Bourgeoise.
Quatre mois expirez, nostre bon Laboureur
Revint pour embrasser sa charmante Isabelle,
Il croyoit la revoir fidelle
Mais il ne sçavoit pas l'histoire du Seigneur.
S'imaginant trouver son mesme toict rustique
Il entre dans un lieu superbe & magnifique,
Sa femme reposoit sur un long Canapé,
Le Seigneur d'un costé faisoit la mesme chose,
De quel coup le mari ne fut-il pas frappé,

Lorsque de ses malheurs il apperçût la cause:
Il auroit écouté son juste desespoir,
Sa jalouse fureur auroit esté remplie,
    Mais il eut fait une folie:
    Et d'ailleurs il devoit sçavoir
Qu'un mari clairvoyant ne doit jamais rien voir.
Sans faire aucun éclat il sortit du Village,
    Et dit en se voyant duppé,
    Dans mon malheur j'ay l'avantage
    De n'estre pas le seul trompé.
    Quand aprés quatre mois d'absence
    Vous retournez chez vous,
N'approfondissez rien, infortunez époux,
    Vivez plûtôt dans l'ignorance.
Un éclaircissement cause trop d'embarras,
    Suivez tous cet usage,
Fermez toûjours les yeux, c'est un grand avantage,
Car quand vous vous plaindrez on ne vous plaindra pas.

FIN.

Permis d'imprimer ; Fait ce 25. No-
vembre 1699. M. R. De VOYER D'AR-
GENSON.